Published by: Valerie Ann

MY COLORING JOURNEY TO THE POWER WITHIN

THIS BOOK BELONGS

____

I AM

UNIQUE

AND

SPECIAL

I AM ENOUGH

I AM
STRONG
AND
BRAVE

I AM
AWESOME
AND
YOU ARE
TOO

I AM IMPORTANT

I

AM

VALUABLE

IT'S OKAY

TO ASK

FOR HELP

I AM HAPPY

I BELONG

AND

YOU DO

TOO

I BELIEVE

IN MYSELF

AND

YOU TOO

I AM WORTHY

BEING HONEST

IS

MY SUPER

POWER

I AM HELPFUL

I AM

A

TEAM PLAYER

I WILL FOLLOW
MY DREAMS
AND YOU
FOLLOW YOUR
DREAMS

I AM KIND

I DESERVE TO BE HAPPY

I AM SMART

I AM A GOOD FRIEND

I
AM
PRECIOUS

I AM LEARNING AND GROWING

I

AM

THANKFUL

I

AM

CAPABLE

I AM CUTE

AND

YOU ARE

TOO

I

AM

AMAZING

I

AM

LOVELY

I WON'T GIVE UP

I AM

A

WINNER

I DO
MY BEST

I

AM

CONFIDENT

I AM POSITIVE

I AM AN INSPIRING PRINCESS

I AM ONE OF A KIND

I AM
ENOUGH
JUST THE
WAY I AM

I AM CARING

I

AM

DETERMINED

I AM KIND

Made in the USA
Columbia, SC
21 March 2024